A COR DE CADA UM

CARLOS DRUMMOND DE ANDRADE

A COR DE CADA UM

nova edição

EDITORA RECORD
RIO DE JANEIRO • SÃO PAULO
2024

CONSELHO EDITORIAL
Afonso Borges, Edmílson Caminha,
Livia Vianna, Luis Mauricio Graña Drummond,
Pedro Augusto Graña Drummond,
Roberta Machado, Rodrigo Lacerda
e Sônia Machado Jardim

ILUSTRAÇÕES DE MIOLO
Mayara Lista

AUTOCARICATURAS CDA
Sem data (orelha); sem data (p. 87)

DESIGN DE CAPA
Leonardo Iaccarino

CIP-BRASIL. CATALOGAÇÃO NA PUBLICAÇÃO
SINDICATO NACIONAL DOS EDITORES DE LIVROS, RJ

A566c   Andrade, Carlos Drummond de, 1902-1987
16. ed.   A cor de cada um / Carlos Drummond de Andrade. – 16. ed.
– Rio de Janeiro: Record, 2024.

ISBN 978-65-5587-507-2

1. Ficção. 2. Literatura infantojuvenil brasileira. I. Título.

22-77173   CDD: 808.899282
                                        CDU: 82-93(81)

Gabriela Faray Ferreira Lopes - Bibliotecária - CRB-7/6643

Carlos Drummond de Andrade © Graña Drummond
www.carlosdrummond.com.br

Todos os direitos reservados. Proibida a reprodução, armazenamento ou transmissão de partes deste livro, através de quaisquer meios, sem prévia autorização por escrito.

Texto revisado segundo o Acordo Ortográfico da Língua Portuguesa de 1990.

Direitos exclusivos desta edição reservados pela
EDITORA RECORD LTDA.
Rua Argentina, 171 – Rio de Janeiro, RJ – 20921-380 – Tel.: (21) 2585-2000.

Impresso no Brasil

ISBN 978-65-5587-507-2

Seja um leitor preferencial Record.
Cadastre-se no site www.record.com.br
e receba informações sobre nossos
lançamentos e nossas promoções.

Atendimento e venda direta ao leitor:
sac@record.com.br

Sumário

MIL NOVECENTOS E POUCO

Sesta	9
Lembrança do mundo antigo	13
Importância da escova	15
Nomes	17

ROENDO O TEMPO

Dupla humilhação	21
Fim	23
Pavão	25
Rejeição	27
Quero me casar	29
Sentimental	31
A lebre	33

A COR DE CADA UM

Histórias para o rei	39
Maneira de amar	41
A cor de cada um	43
A incapacidade de ser verdadeiro	45
Os diferentes	47
Organiza o Natal	49
A cidade sem meninos	53
A cabra e Francisco	57
Mocinho	63
Exercício de devaneio	67
Em forma de orelha	71
No aeroporto	77
Fontes	81
Carlos Drummond de Andrade	85

MIL NOVECENTOS E POUCO

SESTA
A Martins de Almeida

A família mineira
está quentando sol
sentada no chão
calada e feliz.
O filho mais moço
olha para o céu,
para o sol não,
para o cacho de bananas.
Corta ele, pai.
O pai corta o cacho
e distribui pra todos.
A família mineira
está comendo banana.
A filha mais velha
coça uma pereba
bem acima do joelho.
A saia não esconde

a coxa morena
sólida construída,
mas ninguém repara.
Os olhos se perdem
na linha ondulada
do horizonte próximo
(a cerca da horta).
A família mineira
olha para dentro.
O filho mais velho
canta uma cantiga
nem triste nem alegre,
uma cantiga apenas
mole que adormece.
Só um mosquito rápido
mostra inquietação.
O filho mais moço
ergue o braço rude
enxota o importuno.
A família mineira
está dormindo ao sol.

LEMBRANÇA DO MUNDO ANTIGO

Clara passeava no jardim com as crianças.
O céu era verde sobre o gramado,
a água era dourada sob as pontes,
outros elementos eram azuis, róseos, alaranjados,
o guarda-civil sorria, passavam bicicletas,
a menina pisou a relva para pegar um pássaro,
o mundo inteiro, a Alemanha, a China, tudo era
                    [tranquilo em redor de Clara.
As crianças olhavam para o céu: não era proibido.
A boca, o nariz, os olhos estavam abertos. Não
                    [havia perigo.
Os perigos que Clara temia eram a gripe, o calor,
                    [os insetos.
Clara tinha medo de perder o bonde das 11 horas,
esperava cartas que custavam a chegar,
nem sempre podia usar vestido novo. Mas passeava
                    [no jardim, pela manhã!!!
Havia jardins, havia manhãs naquele tempo!!!

IMPORTÂNCIA DA ESCOVA

Gente grande não sai à rua,
menino não sai à rua
sem escovar bem a roupa.
Ninguém fora se escandalize
descobrindo farrapo vil
em nossa calça ou paletó.

Questão de honra, de brasão.
Ninguém sussurre:
A família está decadente?
A escova perdeu os pelos?
A fortuna do Coronel
não dá pra comprar escova?

Toda invisível poeirinha
ameaça-nos a reputação.
Por isso a mãe, sábia, serena,
sabendo que sempre esqueço

ou mesmo escondo, impaciente,
esse objeto sem fascínio,
me inspeciona, me declara
mal preparado para o encontro
com o olho crítico da cidade.

E firme, religiosamente,
vai-me passando, repassando
nos ombros, nas costas, no peito, nas pernas
na alma talvez (bem que precisava)
a escova purificadora.

NOMES

As bestas chamam-se Andorinha, Neblina
ou Baronesa, Marquesa, Princesa.
Esta é Sereia,
aquela, Pelintra,
e tem a bela Estrela.
Relógio, Soberbo e Lambari são burros.
O cavalo, simplesmente Majestade.
O boi Besouro,
outro, Beija-flor
e Pintassilgo, Camarão,
Bordado.
Tem mesmo o boi chamado Labirinto.
Ciganinha, esta vaca; outra, Redonda.
Assim pastam os nomes pelo campo,
ligados à criação. Todo animal
é mágico.

Roendo o tempo

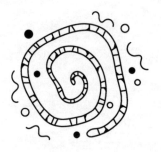

DUPLA HUMILHAÇÃO

Humilhação destas lombrigas,
humilhação de confessá-las
a Dr. Alexandre, sério,
perante irmãos que se divertem
com tua fauna intestinal
em perversas indagações:
"Você vai ao circo assim mesmo?
Vai levando suas lombrigas?
Elas também pagam entrada,
se não podem ver o espetáculo?
E se, ouvindo lá de dentro,
as gabarolas do palhaço,
vão querer sair para fora,
hem? Como é que você se arranja?"

O que é pior: mínimo verme,
quinze centímetros modestos,
não mais – vermezinho idiota –

enquanto Zé, rival na escola,
na queda de braço, em tudo,
se gabando mostra no vidro
o novelo comprovador
de seu justo gabo orgulhoso;
ele expeliu, entre ohs! e ahs!
de agudo pasmo familiar,
formidável tênia porcina:
a solitária de três metros.

FIM

Por que dar fim a histórias?
Quando Robinson Crusoé deixou a ilha,
que tristeza para o leitor do *Tico-Tico*.

Era sublime viver para sempre com ele e com
                              [Sexta-Feira,
na exemplar, na florida solidão,
sem nenhum dos dois saber que eu estava aqui.

Largaram-me entre marinheiros-colonos,
sozinho na ilha povoada,
mais sozinho que Robinson, com lágrimas
desbotando a cor das gravuras do *Tico-Tico*.

PAVÃO

A caminho do refeitório, admiramos pela vidraça
o leque vertical do pavão
com toda a sua pompa
solitária no jardim.
De que vale esse luxo, se está preso
entre dois blocos do edifício?
O pavão é, como nós, interno do colégio.

REJEIÇÃO

Não sei o que tem meu primo
que não me olha de frente.
Se passo por sua porta,
é como se não me visse:
parece que está na Espanha
e eu, velhamente, em Minas.
Até me virando a cara,
a cara é de zombaria.
Se ele pensa que é mais forte
e que pode me bater,
diga logo, vamos ver
o que a tapa se resolve.
A gente briga no beco,
longe dos pais e dos tios,
mas briga de decidir
essa implicância calada.
Qual dos dois, mais importante:
o ramo dele, o meu ramo?

O pai mais rico, quem tem?
Qual o mais inteligente,
eu ou ele, lá na escola?
Namorada mais jeitosa,
é a minha ou é a dele?
Tudo isso liquidaremos
a pescoção, calçapé,
um dia desses, na certa.
Sem motivo, sem aviso,
meu primo declara guerra,
essa guerrinha escondida,
de mim, mais ninguém, sabida.
Pode pois uma família
ser assim tão complicada
que nós dois nos detestamos
por sermos do mesmo sangue?
Nossas paredes internas
são forradas de aversão?
Será que o que eu penso dele
ele é que pensa de mim
e me olha atravessado
porque vê na minha cara
o vinco de zombaria
e um sentimento de força,
vontade de bater nele?
Meu Deus, serei o meu primo,
e a mesma coisa sentimos
como se a sentisse o outro?

QUERO ME CASAR

Quero me casar
na noite na rua
no mar ou no céu
quero me casar.

Procuro uma noiva
loura morena
preta ou azul
uma noiva verde
uma noiva no ar
como um passarinho.

Depressa, que o amor
não pode esperar!

SENTIMENTAL

Ponho-me a escrever teu nome
com letras de macarrão.
No prato, a sopa esfria, cheia de escamas,
e debruçados na mesa todos contemplam
esse romântico trabalho.

Desgraçadamente falta uma letra,
uma letra somente
para acabar teu nome!

— Está sonhando? Olhe que a sopa esfria!

Eu estava sonhando...
E há em todas as consciências um cartaz amarelo:
"Neste país é proibido sonhar."

A LEBRE

Apareceu não sei como.
Queria por toda lei
desaparecer num relâmpago.
Foi encurralada
e é recolhida,
orelhas em pânico,
ao pátio dos pavões estupefatos.
Lá está, infeliz, roendo o tempo.
Eu faço o mesmo.

A COR DE CADA UM

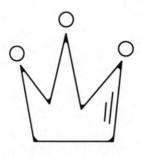

HISTÓRIAS PARA O REI

Nunca podia imaginar que fosse tão agradável a função de contar histórias, para a qual fui nomeado por decreto do Rei. A nomeação colheu-me de surpresa, pois jamais exercitara dotes de imaginação, e até me exprimo com certa dificuldade verbal. Mas bastou que o Rei confiasse em mim para que as histórias me jorrassem da boca à maneira de água corrente. Nem carecia inventá-las. Inventavam-se a si mesmas.

Este prazer durou seis meses. Um dia, a Rainha foi falar ao Rei que eu estava exagerando. Contava tantas histórias que não havia tempo para apreciá-las, e mesmo para ouvi-las. O Rei, que julgava minha facúndia uma qualidade, passou a considerá-la defeito, e ordenou que eu só contasse meia história por dia, e descansasse aos domingos. Fiquei triste, pois não sabia inventar meia história. Minha insuficiência desagradou, e fui substituído por um mudo, que narra por meio de sinais, e arranca os maiores aplausos.

MANEIRA DE AMAR

O jardineiro conversava com as flores, e elas se habituaram ao diálogo. Passava manhãs contando coisas a uma cravina ou escutando o que lhe confiava um gerânio. O girassol não ia muito com sua cara, ou porque não fosse homem bonito, ou porque os girassóis são orgulhosos de natureza.

Em vão o jardineiro tentava captar-lhe as graças, pois o girassol chegava a voltar-se contra a luz para não ver o rosto que lhe sorria. Era uma situação bastante embaraçosa, que as outras flores não comentavam. Nunca, entretanto, o jardineiro deixou de regar o pé de girassol e de renovar-lhe a terra, na ocasião devida.

O dono do jardim achou que seu empregado perdia muito tempo parado diante dos canteiros, aparentemente não fazendo coisa alguma. E mandou-o embora, depois de assinar a carteira de trabalho.

Depois que o jardineiro saiu, as flores ficaram tristes e censuravam-se porque não tinham induzido o girassol a mudar de atitude. A mais triste de todas era o girassol, que não se conformava com a ausência do homem. "Você o tratava mal, agora está arrependido?" "Não", respondeu, "estou triste porque agora não posso tratá-lo mal. É a minha maneira de amar, ele sabia disso, e gostava."

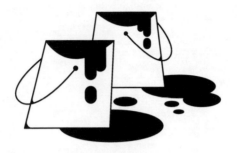

A COR DE CADA UM

Na República do Espicha-Encolhe cogitava-se de organizar partidos políticos por meio de cores.

Uns optaram pelo partido rosa, outros pelo azul, houve quem preferisse o amarelo, mas vermelho não podia ser. Também era permitido escolher o roxo, o preto com bolinhas e finalmente o branco.

— Esse é o melhor – proclamaram uns tantos.
— Sendo resumo de todas as cores, é cor sem cor, e a gente fica mais à vontade.

Alguns hesitavam. Se houvesse o duas-cores, hem? Furta-cor também não seria mau. Idem, o arco-íris. Havia arrependidos de uma cor, que procuravam passar para outra. E os que negociavam: só adotariam uma cor se recebessem antes 100 metros de tecido da mesma cor, que não desbotasse nunca.

— Justamente o ideal é a cor que desbota – sentenciou aquele ali. — Quando o Governo vai chegando ao fim, a fazenda empalidece, e pode-se pintá-la da cor do sol nascente.

Este sábio foi eleito por unanimidade Presidente do Partido de Qualquer Cor.

A INCAPACIDADE DE SER VERDADEIRO

Paulo tinha fama de mentiroso. Um dia chegou em casa dizendo que vira no campo dois dragões da independência cuspindo fogo e lendo fotonovelas.

A mãe botou-o de castigo, mas na semana seguinte ele veio contando que caíra no pátio da escola um pedaço de lua, todo cheio de buraquinhos, feito queijo, e ele provou e tinha gosto de queijo. Desta vez Paulo não só ficou sem sobremesa como foi proibido de jogar futebol durante quinze dias.

Quando o menino voltou falando que todas as borboletas da Terra passaram pela chácara de Siá Elpídia e queriam formar um tapete voador para transportá-lo ao sétimo céu, a mãe decidiu levá-lo ao médico. Após o exame, o Dr. Epaminondas abanou a cabeça:

— Não há nada a fazer, Dona Coló. Este menino é mesmo um caso de poesia.

OS DIFERENTES

Descobriu-se na Oceania, mais precisamente na ilha de Ossevaolep, um povo primitivo, que anda de cabeça para baixo e tem vida organizada.

É aparentemente um povo feliz, de cabeça muito sólida e mãos reforçadas. Vendo tudo ao contrário, não perde tempo, entretanto, em refutar a visão normal do mundo. E o que eles dizem com os pés dá impressão de serem coisas aladas, cheias de sabedoria.

Uma comissão de cientistas europeus e americanos estuda a linguagem desses homens e mulheres, não tendo chegado ainda a conclusões publicáveis. Alguns professores tentaram imitar esses nativos e foram recolhidos ao hospital da ilha. Os cabecentes-para--baixo, como foram denominados à falta de melhor classificação, têm vida longa e desconhecem a gripe e a depressão.

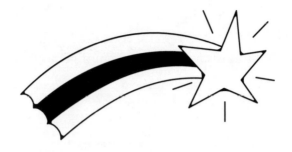

ORGANIZA O NATAL

Alguém observou que cada vez mais o ano se compõe de dez meses; imperfeitamente embora, o resto é Natal. É possível que, com o tempo, essa divisão se inverta: dez meses de Natal e dois meses de ano vulgarmente dito. E não parece absurdo imaginar que, pelo desenvolvimento da linha, e pela melhoria do homem, o ano inteiro se converta em Natal, abolindo--se a era civil, com suas obrigações enfadonhas ou malignas. Será bom.

Então nos amaremos e nos desejaremos felicidades ininterruptamente, de manhã à noite, de uma rua a outra, de continente a continente, de cortina de ferro à cortina de náilon – sem cortinas. Governo e oposição, neutros, super e subdesenvolvidos, marcianos, bichos, plantas entrarão em regime de fraternidade. Os objetos se impregnarão de espírito natalino, e veremos o desenho animado, reino da crueldade, transposto para o reino do amor: a máquina de lavar roupa abraçada ao flamboyant, núpcias da flauta e do ovo, a betoneira com o sagui ou com o vestido de baile. E o suprarrealismo, justificado espiritualmente, será uma chave para o mundo.

Completado o ciclo histórico, os bens serão repartidos por si mesmos entre nossos irmãos, isto é, com todos os viventes e elementos da terra, água, ar e alma. Não haverá mais cartas de cobrança, de descompostura nem de suicídio. O correio só transportará correspondência gentil, de preferência postais de Chagall, em que noivos e burrinhos circulam na atmosfera, pastando flores; toda a pintura, inclusive o borrão, estará a serviço do entendimento afetuoso. A crítica de arte se dissolverá jovialmente, a menos que prefira tomar a forma de um sininho cristalino, a badalar sem erudição nem pretensão, celebrando o Advento.

A poesia escrita se identificará com o perfume das moitas antes do amanhecer, despojando-se do uso do som. Para que livros?, perguntará um anjo e, sorrindo, mostrará a terra impressa com as tintas do sol e das galáxias, aberta à maneira de um livro.

A música permanecerá a mesma, tal qual Palestrina e Mozart a deixaram; equívocos e divertimentos musicais serão arquivados, sem humilhação para ninguém.

Com economia para os povos desaparecerão suavemente classes armadas e semiarmadas, repartições arrecadadoras, polícia e fiscais de toda espécie. Uma palavra será descoberta no dicionário: paz.

O trabalho deixará de ser imposição para constituir o sentido natural da vida, sob a jurisdição desses incansáveis trabalhadores, que são os lírios do campo. Salário de cada um: a alegria que tiver merecido. Nem juntas de conciliação nem tribunais de justiça, pois tudo estará conciliado na ordem do amor.

Todo mundo se rirá do dinheiro e das arcas que o guardavam, e que passarão a depósito de doces, para visitas. Haverá dois jardins para cada habitante, um exterior, outro interior, comunicando-se por um atalho invisível.

A morte não será procurada nem esquivada, e o homem compreenderá a existência da noite, como já compreendera a da manhã.

O mundo será administrado exclusivamente pelas crianças, e elas farão o que bem entenderem das restantes instituições caducas, a Universidade inclusive.

E será Natal para sempre.

A CIDADE SEM MENINOS

As professoras que fazem o censo escolar no Rio apuraram um vazio de que já desconfiávamos: não há mais crianças no centro da cidade. Bateram a muitas portas, indagaram de moradores:

— Onde estão os seus meninos?

Não tinham meninos. Algum raro espécime que se vê na rua vem do norte ou do sul da cidade, para fazer companhia à mãe, sofrer no dentista, comprar sapato em liquidação. Há ruas onde faz muitos anos não passa um garoto. E janelas onde eles nunca se debruçaram para espiar as árvores ou a lua, porque também essas antiguidades desapareceram do centro.

Num sobrado da rua Camerino, o ocupante de uma fração de quarto no segundo andar, à pergunta sobre criança, respondeu:

— Que é isso?

Perdera a noção. A traços largos, a moça explicou-lhe o que é uma criança. Ele ouviu e admitiu que devem ser interessantes, mas não havia espaço em seu domicílio para esse ornamento. Esclareceu que adiava a aquisição de uma chaleira, de que andava muito necessitado: primeiro, porque não cabia no quarto; segundo, porque andava sem dinheiro.

Uma senhora, na Lapa, sorriu e contou que tinha muitos filhos, eram o sol de sua vida; tantos que perdera a conta. Muito menos lhes sabia a idade. E mostrou os pombos do largo, que vinham bicar duas vezes ao dia, pela manhã e à tarde, no peitoril da janela.

O poeta da avenida Beira-Mar, 408, poderia responder que seus milhares de filhos são os versos que espalhou pelo mundo. E esses vão à escola, mas a professora já sabia disso, pois os lê para os alunos e sugere que os leiam, por amor à poesia.

Mas as recenseadoras não tinham muito a quem perguntar. Em escritórios, repartições, lojas, depósitos de atacado, não residem obviamente crianças nem adultos. O próprio censo de adultos seria negativo: nessa parte da cidade a vida acaba às dezenove horas. Homens e mulheres fogem literalmente para bairros distantes, como se houvesse estourado a revolução ou a peste nos locais de trabalho. Não estourou nada; é a noite.

É a noite sem conversa de casal, sem risada retardatária, sem choro de menino com dor de barriga, barulhinhos domésticos de copo d'água, móvel arrastado, pigarro, descarga no banheiro. Noite de casas mortas, elas que se agitam tanto de dia. Nos bairros, onde bem ou mal vivem pessoas, o sono das casas tem respiração suave, ritmo confortador, a vida repousa lá dentro. No centro, é lúgubre.

"Aqui outrora brincaram meninos..." A cidade multiplica-se, a casa cede lugar ao edifício, o edifício vira constelação de escritórios, o menino fica sendo excedente incômodo... Onde está o menino, para onde foi o menino? É assim que morrem as cidades.

A CABRA E FRANCISCO

Madrugada. O hospital, como o Rio de Janeiro, dorme. O porteiro vê diante de si uma cabrinha malhada, pensa que está sonhando.

— Bom palpite. Veio mesmo na hora. Ando com tanta prestação atrasada, meu Deus.

A cabra olha-o fixamente.

— Está bem, filhinha. Agora pode ir passear. Depois você volta, sim?

Ela não se mexe, séria.

— Vai, cabrinha, vai. Seja camarada. Preciso sonhar outras coisas. É a única hora em que sou dono de tudo, entende?

O animal chega-se mais para perto dele, roça-lhe o braço. Sentindo-lhe o cheiro, o homem percebe que é de verdade, e recua.

— Essa não! Que é que você veio fazer aqui, criatura? Dê o fora, vamos.

Repele-a com jeito manso, porém a cabra não se mexe, encarando-o sempre.

— Aiaiai! Bonito. Desculpe, mas a senhora tem de sair com urgência, isto aqui é um estabelecimento público. (Achando pouco satisfatória a razão.) Bem, se é público devia ser para todos, mas você compreende... (Empurra-a docemente para fora, e volta à cadeira.)

— O quê? Voltou? Mas isso é hora de me visitar, filha? Está sem sono? Que é que há? Gosto muito de criação, mas aqui no hospital, antes do dia clarear... (Acaricia-lhe o pescoço.) Que é isso! Você está molhada? Essa coisa pegajosa... O quê: sangue?! Por que não me disse logo, cabrinha de Deus? Por que ficou me olhando assim feito boba? Tem razão: eu é que não entendi, devia ter morado logo. E como vai ser? Os doutores daqui são um estouro, mas cabra é diferente, não sei se eles topam. Sabe de uma coisa? Eu mesmo vou te operar!

Corre à sala de cirurgia, toma um bisturi, uma pinça; à farmácia, pega mercurocromo, sulfa e gaze; e num canto do hospital, assistido por dois serventes, enquanto o dia vai nascendo extrai do pescoço da cabra uma bala de calibre 22, ali cravada quando o bichinho, ignorando os costumes cariocas da noite, passava perto de uns homens que conversavam à porta de um bar.

O animal deixa-se operar, com a maior serenidade. Seus olhos envolvem o porteiro numa carícia agradecida.

— Marcolina. Dou-lhe este nome em lembrança de uma cabra que tive quando garoto, no Icó. Está satisfeita, Marcolina?

— Muito, Francisco.

Sem reparar que a cabra aceitara o diálogo, e sabia o seu nome, Francisco continuou:

— Como foi que você teve a ideia de vir ao Miguel Couto? O Hospital Veterinário é na Lapa.

— Eu sei, Francisco. Mas você não trabalha na Lapa, trabalha no Miguel Couto.

— E daí?

— Daí, preferi ficar por aqui mesmo e me entregar a seus cuidados.

— Você me conhecia?

— Não posso explicar mais do que isso, Francisco. As cabras não sabem muito sobre essas coisas. Sei que estou bem a seu lado, que você me salvou. Obrigada, Francisco.

E lambendo-lhe afetuosamente a mão, cerrou os olhos para dormir. Bem que precisava.

Aí Francisco levou um susto, saltou para o lado:

— Que negócio é esse: cabra falando?! Nunca vi coisa igual na minha vida. E logo comigo, meu pai do céu!

A cabra descerrou um olho sonolento, e por cima das barbas parecia esboçar um sorriso:

— Pois você não se chama Francisco, não tem o nome do santo que mais gostava de animais neste mundo? Que tem isso, trocar umas palavrinhas com você? Olhe, amanhã vou pedir ao Ariano Suassuna que escreva um auto da cabra, em que você vai para o céu, ouviu?

Estrambote

*Que um dia Francis Jammes abra
lá no alto seu azul aprisco.
Mande entrar Marcolina, a cabra,
e seu bom amigo Francisco.*

MOCINHO

Os garotos estavam indóceis, à espera do grande mocinho norte-americano, de passagem pelo Rio, que prometera ir pessoalmente à televisão. Na calçada, os brinquedos não engrenavam, ninguém tinha alma para os jogos de todo dia. A proximidade do herói, num ponto qualquer da cidade, os punha nervosos; e pediam a hora a quem passava, sentindo que o tempo trabalhava de bandido, em sua lentidão.

À hora anunciada, em casa de Alfredinho, sentaram-se no chão, diante do aparelho, e toca a suportar anúncio de sabão, de loteamento, de biscoito: sabiam por experiência ser esse o preço que pagamos pelo prazer das imagens. E sendo maior, aquele prazer devia ser mais caro.

Afinal, o locutor anunciou a chegada do cavaleiro famoso, ídolo das crianças do mundo inteiro. E o ídolo era simpático, falava inglês mas tinha outro cavaleiro ao lado para traduzir, só que viera a pé e foi se sentando, cansado talvez de cavalgar por montes e vales do Oeste, e de tanta luta contra os maus: ladrões de cavalo, ladrões de mala-posta, ladrões de tesouro enterrado.

Sentou-se e deram-lhe sorvete, que o herói ingeriu muito delicadamente, surpreendendo a todos, *cowboys* amadores de Copacabana, que lambem doze gelados por dia, mas nunca seriam capazes de imaginar que um vaqueiro "legal" gostasse de sorvete de café, e o tomasse com modos tão distintos.

E o locutor foi conversando com ele. É verdade que possuía quatrocentos revólveres? Sim, possuía quatrocentos revólveres, para o gasto. A notícia agradou em cheio ao auditório, e Kleber perguntou como é que ele podia manejá-los todos de uma só vez, mas Gaúcho mandou-lhe calar a boca. Alfredinho tinha ares de dono do mocinho e da armaria, e os olhos azuis de Toto prestavam furiosa atenção.

O locutor pediu licença ao herói para mostrar sua roupa aos telespectadores. E o herói virou figurino: primeiro o chapéu, com fitinha de prata e incrustações de ouro; a gravata curta era revestida em parte por uma chapinha de prata onde se empinava um cavalinho também de ouro; na ponta do colarinho, mais um bocado de metal de qualidade produzia reflexo; a fivela do cinturão ostentava também elementos de ouro e alguns rubis; na bota, flores vermelhas e folhas verdes, em relevo no couro; biqueira de prata, com três tachinhas de ouro, e tacão alto, de prata. Maravilha das maravilhas. Trajes iguais, naturalmente empregando metais menos nobres, seriam expostos à venda na semana seguinte, pois o vaqueiro tem uma fábrica de roupa, só para fabricar o vestuário de seus amiguinhos que quiserem imitá-lo.

Conversa vai, sorvete vem, o herói tranquilo, de mais de quarenta anos, respondeu à pergunta sobre o faturamento da matriz de sua fábrica nos States – coisinha de milhões – e recebeu com benevolência os cumprimentos de um *cowboy* da praça, este, simples consumidor.

Mauricinho, estirado no tapete, quis perguntar pelo Gatilho, o famoso cavalo do herói e parte integrante do mito, porém os outros, mais velhos, explicaram--lhe que não adianta perguntar de casa, tem de ser no estúdio. Por que não aparecia Gatilho? Mocinho sem cavalo é mocinho? Mocinho sentado, tomando sorvete, mostrando como abotoa e desabotoa camisa, é mocinho?

E os quatrocentos revólveres? Por que ele não dava ao menos um tiro, de farra?

O programa acabou, os garotos foram saindo sem entusiasmo. Naquele horário, estavam habituados a ver filmes do herói, em que ele desenvolve bravura, astúcia e generosidade exemplares. Ali, encontravam apenas um senhor meio maduro, folheado a ouro e prata, vendendo roupa e refrescando-se com gelados.

Mauricinho, o mais moço, resumiu a impressão geral:

— Não gosto de mocinho, gosto é de filme de mocinho!

EXERCÍCIO DE DEVANEIO

Contei que há dias vi dois gatinhos brincando na calçada. Brincavam de lutar, sem que um ferisse o outro. E senti o prazer de observar que por essas e outras pequeninas coisas o mundo continua capaz de sobreviver a todas as catástrofes, nucleares ou não, que ameaçam destruí-lo. Ontem vi duas mulheres brigando. Cada uma dentro do seu automóvel, num cruzamento de ruas onde todo cuidado é pouco. Não houve choque de veículos, mas quase. E esse quase inflamou as duas cavalheiras, que entraram a acusar-se mutuamente, com a irritação, em voz e gesto, a que já estamos habituados. Brigaram como... homens. Não chegaram a saltar dos carros e ir às vias de fato. As duas levaram para casa boa quantidade de palavras pouco distintas, e eu fiquei pensando nos dois gatinhos. Voltei à calçada onde os tinha visto na semana anterior. Nem sinal. Perguntei ao rapaz que, sentado, empalhava cadeira.

— Eles são daquela padaria ali adiante – informou-me. — A essa hora devem estar dormindo. A essa hora ou a qualquer outra. Só acordam para brincar. Gato é assim mesmo. Depois cresce e fica só dormindo. Esquece que foi criança e que brincou.

Ai dos homens e dos gatos e das mulheres que, crescendo, se esquecem de brincar! Para brigar eles continuam aparelhados, e dispostos. E automóvel, como se já não bastasse o susto que ele prega em nós, desmoralizados e desaparelhados pedestres, ainda assume a iniciativa de promover xingações, e até mais, entre motoristas.

A única vantagem desses desentendimentos motorizados é o interesse que despertam na população carente de distrações. Os passantes assistem ao espetáculo grátis e, justiça seja feita, não torcem nem por um nem por outro guerreiro. Imparcialidade absoluta. Como, de resto, em toda disputa, na rua, no ônibus, na barca, no trem. Aprecia-se o espetáculo em si, o confronto de duas raivas, a explosão humana que já experimentamos alguma vez e que, por isso mesmo, gostamos de ver repetida nos outros.

Se o tendepá ameaça virar cena de sangue, aí o espectador toma suas precauções, recuando veloz a um ponto em que se sinta protegido, mas de olho firme no espetáculo. Não vai perdê-lo de jeito nenhum. Pode chegar atrasado ao serviço, ao negócio, ao amor, mas aquele momento teatral, de desfecho, ele não perde.

Enquanto isso, os gatinhos... Chego à porta da padaria, e não os vejo. Estarão lá dentro, e o dono da casa não vai me deixar entrar em seus domínios só para ver se os gatinhos estão dormindo ou acordados, exercitando-se em jogos lá do jeito deles. Eu sinto necessidade de revê-los, a cara do padeiro não se mostra inclinada a permitir-me uma incursão no estabelecimento. Será que tenho cara de fiscal de qualquer coisa? Irei multá-lo por uma das irregularidades que certamente está cometendo?

Nunca se sabe quem é fiscal de alguma coisa, até o momento em que ele exibe a carteirinha. Mesmo assim, a carteirinha pode ser falsa, eu posso ser um assaltante sem cara de assaltante, nem todo assaltante tem cara de assaltante, e...

— O senhor deseja alguma coisa?

Só desejava espiar os gatinhos, mas o jeito é comprar uma bisnaga, para fazer não sei o que com ela. Sou servido maquinalmente, soa a registradora, olho para as vitrinas e prateleiras, nada de bigodes nem de patinha de gato. Mulheres brigando como homens. Mulher brigando com homem, homem descendo do carro para incrementar sua briga com mulher. Chego a ver, na vitrine principal, um carro de massa, e dentro dele um motorista de chocolate erguendo o braço furioso contra a madame de açúcar--cande, cujo carro, também de massa, o abalroou.

Quando os incidentes automobilísticos chegam a servir de tema para composições de confeiteiro, então a guerra é total.

— Deseja mais alguma coisa?

Desejei devolver-lhe a bisnaga sem exigir devolução do dinheiro, e pedir-lhe desculpas por ele estar me achando biruta. Ele me acharia mais biruta ainda, pois biruta não pede desculpas a ninguém. Aí é que está. Eu ia me tornando suspeito ao dono da padaria justamente porque não projetava fazer coisa alguma, e até mesmo o reencontro com os gatinhos já não me interessava tanto. Eu pensava nos rostos contraídos das duas mulheres, na perfeição com que eles assumiam a brabeza de rostos masculinos na situação. A mente divagava. Se chegassem as duas a se atracar? Se os carros, aborrecidos com a rixa de suas donas, saíssem sozinhos e se recolhessem espontaneamente às suas garagens? Ou nunca mais voltassem, preferindo levar vida de automóvel parado, enferrujado?

A esta altura o próprio leitor me julgará superlelé, mas que posso fazer se sou inclinado ao devaneio, mesmo no interior de uma padaria? Despedi-me com um sinal de mão, e saí sem ver os gatinhos. Nem precisava. Sou bom guardador mental de imagens.

EM FORMA DE ORELHA

Cá entre nós, que ninguém nos ouça... Quer dizer, não estou bem certo disto, pois as paredes têm ouvidos. Mas nunca ouvi dizer que as paredes têm boca e vão contar aquilo que ouviram. Não é esquisito: ter ouvidos e não ter boca? E será que elas escutam mesmo? Se a gente colasse o ouvido nelas, será que pegava uma vozinha surda, comentando o que ouviram?

Ah, nunca se pode saber ao certo se o que foi dito entre quatro paredes ficou ali mesmo. Começa que isso de quatro paredes é muito relativo. Às vezes são apenas três, e eu pergunto: porta não faz parte delas? Janela também não? Pois então: porta e janela se encarregam de transmitir ao vento, e o vento aos lugares mais distantes, o que se conversou em segredo no interior da casa...

É, mas a janela pode ser fechada, e a porta igualmente: garantia de segredo absoluto. Pois sim. Há sempre uma frincha numa e noutra, um espaçozinho por onde o ar circula, sem falar que o som perfura camadas espessas, o som é um demônio solto. Quem me garante que minha palavra não se escoa por uma dessas frestas insignificantes, não atravessa a madeira e vai retumbar – retumbar, não digo, é muito forte, mas ciciar lá fora, junto a ouvidos que... que não podem ou não devem escutá-la, caramba?

Pior é se o interlocutor é duro de ouvido, e eu tenho de alçar a voz, gritar, lançar-lhe blocos de pedra em forma de sons, para depositar meu segredo. Ou será que ele faz ouvidos de mercador, e bem que está escutando, guardando, gravando, para depois espalhar pelos quatro cantos da cidade? Não há confidência que resista ao surdo e ao que finge de surdo. Aliás, não há confidência que resista a quem a faz, pois fazê-la é soltá-la no ar, como esses pombos em revoada que saem de uma caixa na inauguração ou reinauguração dos edifícios, das pontes, das rodovias, até de coisa nenhuma, que também se inaugura, e como.

Quando digo certas coisas extremamente delicadas ou comprometedoras, eu mesmo tapo os ouvidos para dar exemplo e para me resguardar do que há de inconveniente no que estou dizendo. Gostaria até de falar de boca fechada. De falar não falando. O ideal seria entrar por um ouvido e sair pelo outro, para voltar ao ponto de emissão. Assim eu mesmo guardaria a matéria sigilosa.

Como, porém, guardar segredo, se não há cofre na cabeça e muito menos na língua? Se a língua foi feita para falar? E se a fala foi feita para ser ouvida e entendida? Se há mesmo uma expressão assim: "Sou todo ouvidos", dando a entender que o corpo inteiro é um ouvido, que ele ouve pelos pés e pelas mãos, pelo nariz, pelos olhos, pela barriga, e para tanto ouvido é necessário que haja fala constante, justificadora da existência do ouvido total?

Órgão é esse tão delicado que, em certas pessoas, ocorre a prenhez pelo ouvido. Nos tuberculosos, o ouvido é tão fino que capta as partículas de silêncio. No mercador, é espertíssimo; como se não funcionasse. E órgão tão importante, em qualquer caso, que até se criou a figura do ouvidor, modalidade de ouvinte com peso de juiz e corregedor. Não se trata de simples ouvinte, dispensado de matrícula e frequência nas escolas, mas de certo tipo especial que ouve no cível e no crime, na alfândega, na vida geral das províncias e das colônias. Que ouvido poderoso, o dele! Tanto quanto o ouvido da espingarda e mesmo o do canhão, que merecem todo o respeito.

Não estou brincando não, mas o ouvido mais sutil é o do percevejo, se não mente a linguagem do povo. Alguém está no Rio de Janeiro e ouve um psiu murmurado em Niterói; escuta o inaudível. Por que deram essa capacidade ao mísero percevejo, que dela não carece, ao passo que ao ouvido do amante seria tão grato colher a música de um suspiro da amante, a milhas de distância?

Ah, sim, o diálogo de surdos. E daí? Como se o diálogo entre pessoas de bom ouvido não fosse às vezes tão absurdo quanto esse, ou até mais. O fato de dizer, ser escutado e escutar a resposta que se disse não significa entendimento das partes dialogantes, nem nexo nem lógica no dito e no contradito. Os surdos, por sua vez, podem entender-se perfeitamente por meio de sinais, e mesmo que o não façam há uma lógica interior, que recolhe, interpreta e assimila a seu modo a mensagem da fala alheia. Pode não coincidir com o sentido da mensagem, mas ainda é um sentido. Todas as harmonias são possíveis na mente, e o ouvido é auxiliar prestimoso, como fornecedor de elementos para que elas se constituam. Absorve sons que a mente elabora e modela a seu gosto e fantasia. E assim se cria, não raro, o lírico ou o sublime.

Se bem me escuto, estou dizendo coisas gratuitas, sem som nem tom, a propósito de coisa nenhuma. E sinto nisto certo prazer. Minha intenção era fazer uma crônica em forma de orelha. Mas não sei desenhar, e há desenhistas que representam o ser humano sem este ou aquele atributo físico: sem boca ou sem olhos ou sem ouvidos. Se eu conseguir fazer um desenho em branco, então está perfeito. E se os leitores não entenderam nada, isto é, não ouviram o que eu não disse, então tá.

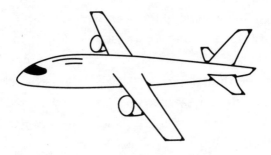

NO AEROPORTO

Viajou meu amigo Pedro. Fui levá-lo ao Galeão, onde esperamos três horas o seu quadrimotor. Durante esse tempo, não faltou assunto para nos entretermos, embora não falássemos da vã e numerosa matéria atual. Sempre tivemos muito assunto, e não deixamos de explorá-lo a fundo. Embora Pedro seja extremamente parco de palavras e, a bem dizer, não se digne de pronunciar nenhuma. Quando muito, emite sílabas; o mais é conversa de gestos e expressões, pelos quais se faz entender admiravelmente. É o seu sistema.

Passou dois meses e meio em nossa casa, e foi hóspede ameno. Sorria para os moradores, com ou sem motivo plausível. Era a sua arma, não direi secreta, porque ostensiva. A vista da pessoa humana lhe dá prazer. Seu sorriso foi logo considerado sorriso especial, revelador de suas boas intenções para com o mundo ocidental e o oriental, e em particular o nosso trecho de rua. Fornecedores, vizinhos e desconhecidos, gratificados com esse sorriso (encantador, apesar da falta de dentes), abonam a classificação.

Devo admitir que Pedro, como visitante, nos deu trabalho: tinha horários especiais, comidas especiais, roupas especiais, sabonetes especiais, criados especiais. Mas sua simples presença e seu sorriso compensariam providências e privilégios maiores. Recebia tudo com naturalidade, sabendo-se merecedor das distinções, e ninguém se lembraria de achá-lo egoísta ou importuno. Suas horas de sono – e lhe apraz dormir não só à noite como principalmente de dia – eram respeitadas como ritos sacros, a ponto de não ousarmos erguer a voz para não acordá-lo. Acordaria sorrindo, como de costume, e não se zangaria com a gente, porém nós mesmos é que não nos perdoaríamos o corte de seus sonhos. Assim, por conta de Pedro, deixamos de ouvir muito concerto para violino e orquestra de Bach, mas também nossos olhos e ouvidos se forraram à tortura da TV. Andando na ponta dos pés, ou descalços, levamos tropeções no escuro, mas sendo por amor de Pedro não tinha importância.

Objeto que visse em nossa mão, requisitava-o. Gosta de óculos alheios (e não os usa), relógios de pulso, copos, xícaras e vidros em geral, artigos de escritório, botões simples ou de punho. Não é colecionador; gosta das coisas para pegá-las, mirá-las e (é seu costume ou sua mania, que se há de fazer) pô-las na boca. Quem não o conhecer dirá que é péssimo costume, porém duvido que mantenha este juízo diante de Pedro, de seu sorriso sem malícia e de suas pupilas azuis porque me esquecia dizer que tem olhos azuis, cor que afasta qualquer suspeita ou acusação apressada, sobre a razão íntima de seus atos.

Poderia acusá-lo de incontinência, porque não sabia distinguir entre os cômodos, e o que lhe ocorria fazer, fazia em qualquer parte? Zangar-me com ele porque destruiu a lâmpada do escritório? Não. Jamais me voltei para Pedro que ele não me sorrisse; tivesse eu impulso de irritação, e me sentiria desarmado com a sua azul maneira de olhar-me. Eu sabia coisas eram indiferentes à nossa amizade – e, até que a nossa amizade lhes conferia caráter necessário, de prova; ou gratuito, de poesia e jogo.

Viajou meu amigo Pedro. Fico refletindo na falta que faz um amigo de um ano de idade a seu companheiro já vivido e puído. De repente o aeroporto ficou vazio.

FONTES

"Sesta", "Quero me casar", "Sentimental": *Alguma poesia*. Belo Horizonte: Edições Pindorama, 1930.

"Lembrança do mundo antigo": *Sentimento do mundo*. Rio de Janeiro: Pongetti, 1940.

"Mocinho": *A bolsa & a vida*. Rio de Janeiro: Editora do Autor, 1962.

"Organiza o Natal", "No aeroporto", "A cidade sem meninos" e "A cabra e Francisco": *Cadeira de balanço*. Rio de Janeiro: José Olympio, 1966.

"Importância da escova", "Nomes", "Dupla humilhação", "Fim", "Rejeição": *Boitempo & A falta que ama. [(In) Memória – Boitempo I]*. Rio de Janeiro: Sabiá, 1968.

"Pavão", "A lebre": *Menino antigo (Boitempo II)*. Rio de Janeiro: José Olympio; Brasília: Instituto Nacional do Livro, 1973.

"Histórias para o rei", "Maneira de amar", "A cor de cada um", "A incapacidade de ser verdadeiro", "Os diferentes": *Contos plausíveis*. Ilustrações de Irene Peixoto e Márcia Cabral. Rio de Janeiro: José Olympio; Editora JB, 1981.

"Em forma de orelha" e "Exercício de devaneio": *Moça deitada na grama*. Rio de Janeiro: Record, 1987.

Carlos Drummond de Andrade

Drummond nasceu em Itabira, uma pequena cidade de Minas Gerais. Era o ano de 1902, dia 31 de outubro. Seu pai chamava-se Carlos de Paula Andrade e sua mãe, Julieta Augusta Drummond de Andrade.

O pequeno Carlos logo descobre a sedução das palavras e aprende como usá-las. No Grupo Escolar Coronel José Batista, seu primeiro colégio, os textos do menino-escritor já começam a receber os primeiros elogios.

Bem jovem, Drummond vai trabalhar como caixeiro numa casa comercial. Seu patrão lhe oferece um corte de casemira, presente valioso para o rapazinho que precocemente participava das reuniões do Grêmio Dramático e Literário Artur de Azevedo, e que nelas precisava comparecer mais elegante. Lá, ele recebe os primeiros convites para realizar conferências – um menino de 13 anos fazendo palestras sobre arte, literatura!

Aos 14 anos, Drummond vai para um internato em Belo Horizonte. No colégio Arnaldo, ele não termina o segundo período escolar porque, adoentado, é obrigado a voltar para Itabira. Para não perder o ano escolar, Carlos começa a ter aulas particulares. Muitas descobertas.

Em 1918, já restabelecido, Drummond novamente é matriculado num colégio interno – o Anchieta, na cidade de Nova Friburgo, onde seu talento com a palavra vai ficando cada dia mais evidente. Seu irmão Altivo, percebendo que o jovem precisava ser incentivado, publica o poema em prosa "Onda" no jornalzinho *Maio*, de Itabira. É o início.

A vida no internato não foi fácil para o jovem adolescente. Aos 17 anos, Carlos Drummond de Andrade se desentende com seu professor de Português. Exatamente ele, o jovem que nos certames literários do colégio, por sua maestria, era chamado de "general". A consequência deste incidente é a expulsão do colégio, por alegada "insubordinação mental", ao término do ano escolar de 1919.

Durante os anos de internato, Drummond descobre, referindo-se a Itabira e a seus aposentos no colégio, que "minha terra era livre, e meu quarto infinito" (trecho do poema "Fim da casa paterna").

Tristeza, saudades, solidão e rebeldia marcam este período.

E chega a hora negra de estudar.
Hora de viajar
rumo à sabedoria do colégio.

Além, muito além de mato e serra,
fica o internato sem doçura.

(trecho do poema "Fim da casa paterna")

Comportei-me mal,
perdi o domingo.
Posso saber tudo
das ciências todas,
dar quinau em aula,
espantar a sábios
professores mil:
comportei-me mal,
não saio domingo.

(trecho do poema "A norma e o domingo")

No ano de 1920, a família Drummond transfere-se para Belo Horizonte. A ida para a capital mineira abre novas portas para o adolescente. Seus primeiros trabalhos começam a ser publicados no *Diário de Minas*, na seção "Sociais", e ele se aproxima de escritores e políticos mineiros.

Dois anos depois, recebe um prêmio pelo conto "Joaquim do Telhado" e publica seus trabalhos no Rio

de Janeiro. Em 1923, Drummond decide matricular-
-se na Escola de Odontologia e Farmácia de Belo
Horizonte. O poeta, porém, jamais irá exercer a
profissão de farmacêutico.

Ainda estudante, em 1925, Carlos Drummond se
casa com Dolores Dutra de Morais e, formado, retorna
a Itabira e leciona Geografia e Português no Ginásio
Sul-Americano. No ano seguinte, recebe convite para
trabalhar no jornal *Diário de Minas* como redator e
decide retornar a Belo Horizonte. Em 1928, publica
em São Paulo um poema que se transforma num
escândalo literário:

No meio do caminho tinha uma pedra
tinha uma pedra no meio do caminho
tinha uma pedra
no meio do caminho tinha uma pedra.

(trecho do poema "No meio do caminho")

Este ano de 1928 torna-se marcante para
Drummond. Nasce sua filha Maria Julieta e o poeta
vai trabalhar na Secretaria de Educação de Minas
Gerais. Desta data em diante, Drummond ocupa
vários cargos ligados às áreas de Educação e de
Cultura dos governos de Minas e federal, trabalha
nos principais jornais de Minas e do Rio de Janeiro e
vai publicando suas poesias.

Em 1942, a Editora José Olympio edita *Poesias* e, durante 41 anos, até sua ida para a Editora Record em 1982, suas obras são publicadas com o selo da Editora JO. A fama chega e Drummond se torna um dos mais conhecidos autores brasileiros – seus textos são traduzidos e lidos em diferentes países.

No dia 5 de agosto de 1987 morre sua filha Maria Julieta; 12 dias depois, a 17 de agosto, falece o poeta.

Há um melhor caminho para conhecer Drummond: a leitura de suas poesias, crônicas e contos.

Este livro foi composto na tipografia
Minion Pro, em corpo 11/16, e impresso em
papel off-white no Sistema Digital Instant Duplex
da Divisão Gráfica da Distribuidora Record.